孙子兵法

第十册

上海人民美術出版社
浙江人民美术出版社

目 录

谋攻篇 · 第十册

战 例

阿骨打知战以寡胜众

编文：庄宏安 庄荣荣

绘画：翁家澎 方一宁 赵 梓

原　文　知可以战与不可以战者胜。

译　文　知道可以打或不可以打的，能够胜利。

1. 辽从五代到北宋，一直是与中原国家并存的北方大国。自道宗即位便逐渐衰落。公元1101年，在宋徽宗即位同一年，辽天祚帝耶律延禧即位。天祚帝荒淫无道，对所辖各族人民压榨、勒索越来越重。

2. 女真族更是备受欺凌，他们居住在白山黑水（今东北地区）一带，每年要向辽国进贡金、珠、马匹和“海东青”。海东青是一种猎鹰，产在日本海沿岸，女真人为得海东青，往往要经过与他国部落激烈争战，才能到手。

3．每年，辽使臣到女真族部落内勒索贡物，还要美女伴宿，连有丈夫的贵族女子也不能幸免。女真各部怨恨已极。

4. 宋徽宗政和三年（公元1113年），女真节度使乌雅舒病死，他的弟弟阿骨打袭位。阿骨打早有反辽之志，到完颜部（女真部落之一）对都古噜纳说："辽名为大国，其实空虚，辽主上骄傲而将士胆怯，作战不勇敢，可以攻取。"

5. 完颜部蓄志反辽，早有准备，都古噜纳当即答道："您英明勇敢，大家都愿意听从。而辽帝荒于狩猎，政令多变，早该让他换个位了。"

6．宋政和四年（公元1114年），阿骨打一面派人侦察辽朝虚实，一面召集所属部落守要冲、建城堡、修兵器，加紧战备。

7. 辽主察觉到阿骨打的战争准备后，命统军萧托卜嘉率军驻守宁江州（今吉林扶余东南），以防不测。

8. 阿骨打得到这一消息，便派使臣布萨哈以索要阿苏（部落名，原属女真，后叛逃）为名，赴辽观察虚实。

9. 布萨哈回来后说，辽兵很多，不知其数。阿骨打不信，说："刚调兵，哪能一下子聚集这么多兵？"又派呼实布赴辽再探。

10. 呼实布经仔细侦察，回来报告："辽只有四院统军司与宁江州军及渤海军八百人左右。"

11. 阿骨打听后对将佐们说：“我们必须先发制人，不能被人所制。”众将都赞同。于是，集兵二千五百人，向宁江州进军。

12. 军队将达辽界，阿骨打先派部将宗干，督促士卒迅速越过辽军所设的堑壕，占据对岸。

13. 阿骨打率全军刚过壕堑，就与辽渤海军遭遇。渤海军猛攻宗干部左翼，宗干部一时抵挡不住，稍稍后退。

14. 辽兵直向中军冲来，部将杲（gǎo）率众出战。阿骨打见后说：“不能轻易出战！”急派宗干前去制止。

15. 宗干驰马到杲的前面，将兵马拦回。辽兵紧紧追赶。

16. 阿骨打令弓箭手射住阵脚。此时，辽将耶律色实突然坠马，后面士卒赶紧上前营救。

17. 阿骨打一箭射死来救的士卒，又一箭射中耶律色实。

18. 后面扑上来的骑兵也都被射倒。耶律色实拔箭而逃，弓箭手追射，耶律色实背中数箭而死。

19. 辽军失去主将，纷纷散逃。阿骨打大声说：“杀尽敌人！”挥师掩杀，辽军被歼十之七八。

20. 阿骨打乘胜进兵，攻陷宁江州。

21. 当时，辽国天祚帝正在上京西北的庆州射鹿，对女真人的进攻并不在意。闻悉宁江州失守，才调动七千人马屯驻出河店（今黑龙江肇源西）。出河店在鸭子河北，宁江州在鸭子河南，两军隔江对垒。

22. 十一月，阿骨打领兵夜渡鸭子河，拂晓向辽军发起突然袭击，大获全胜。

23. 出河店战后，阿骨打兵力大增，辽境北方诸部都降于女真。阿骨打认为“大功已建”，为使天下归心，于宋政和五年（公元1115年）正月元旦即皇帝位，取金不变不坏的含义，称国号大金，改元收国元年。

24. 阿骨打即位后，当月就出兵攻打益州（今吉林农安东北），辽军望风奔逃，弃城退至黄龙府（今吉林农安）。

25. 辽主得悉后，即派行军都统耶律鄂尔多，率骑兵二十万，步卒七万在达鲁古城（出河店东南）集结，准备乘金军南攻黄龙府时，攻击金军侧背宁江州。

26. 阿骨打闻报，立即收集兵力转向达鲁古城迎战。

27．金军进至达鲁古城，阿骨打登高而望，见辽兵散扎各处，士气不振，便对部下说："辽兵虽多，但心不一致，见我新锐之师，已经自怯，我们可伺机进攻。"

28. 随即传令部队在高原摆开阵势，命部将宗雄率骑兵攻辽兵左翼。

29. 宗雄率军杀入辽阵左翼，辽军左翼敌不住而败退，但右翼仍顽强抵抗。金军连续九次冲击，均未能奏效。

30．金主阿骨打命宗干率部出击，作为一支疑兵，援助宗雄部转攻辽阵右翼。

31. 宗雄率全部兵力猛攻辽右军，辽军被击溃，宗雄乘胜追击，直杀到辽军营前，包围了辽军营寨。

32. 第二天黎明，辽军突围出逃。阿骨打命全军追击，全歼辽军。

33. 八月，金主再次进军，直抵黄龙府。阿骨打见黄龙府有重兵把守，坚不易拔，下令围而不攻。九月，城中士气渐息，被金军一举攻克。

34. 天祚帝得报黄龙府失守，大惊失色，于十一月亲率大军七十万，分左军、中军、右军三路，赶往黄龙府，抗击金军。

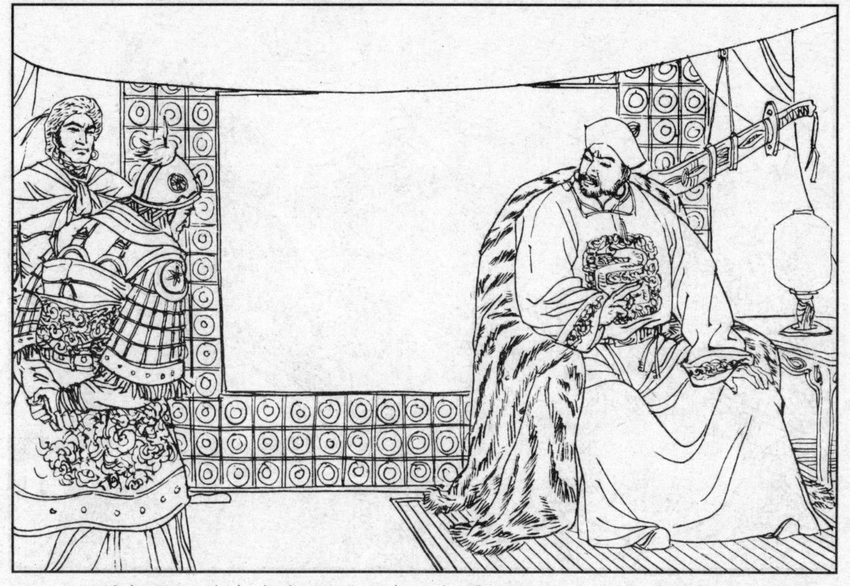

35. 阿骨打见天祚帝亲率大军而来，知道要以二万人马给辽军以重创极为困难，便固守不出。几天后，金军截获一辽督粮官，知天祚帝出征后，辽廷发生耶律张奴谋反事件，天祚帝开始退兵，便乘辽主还都，驱兵追杀。

36. 天祚帝急于回军，金军杀来，无心恋战。金军追到护步答冈（今吉林农安西）时，阿骨打对众将说：“彼众我寡，兵不可分。视辽军兵马，中军最强，辽主必在中军，只要败其中军，便可大获其胜。”

37．于是，他命右翼出击，再令左翼合攻。辽中军一败，三军大乱，首尾不顾，望风溃退，一路上战死的辽兵相继百余里。

38. 这一仗，辽军精锐尽失，金军缴获军械、马牛、珍宝、粮食不可数计。从此天祚帝再也无力讨伐阿骨打。金兵越战越强，不几年便攻占东京（今辽宁辽阳）和上京（今辽宁巴林左旗南）等要地，完全占有东北。

战例

王翦量敌用兵灭楚国

编文：夏　逸

绘画：汪　洋　任至昌　月　明

原　文　识众寡之用者胜。

译　文　懂得多兵与少兵不同用法的，能够胜利。

1. 王翦是战国后期秦国智勇双全的名将，在秦吞并三晋（韩、赵、魏）的大小战役中，屡建战功，创立了许多以少胜多、以寡敌众的战绩，深得秦王政的重用。

2. 秦王政二十一年（公元前226年），秦准备并吞楚国。秦王政问年轻骁勇的将军李信："攻打楚国需多少兵马？"李信说："二十万就差不多了。"

3. 秦王又问老将王翦。王翦却说："二十万人攻楚必败。以臣的看法，必须六十万人方可。"秦王暗叹：王翦老啦！

4．秦王遂命李信为大将，蒙恬为副将，率二十万兵士伐楚。王翦则托病归乡养老。

5. 秦王政二十二年（公元前225年），李信一鼓作气攻下平舆（今河南平舆北），军心大振。

6. 楚王闻报，拜项燕为大将，率兵二十万，水陆并进，迎战李信。酣战之际，项燕埋下的七路伏兵俱起，李信大败而逃。

7．项燕紧追三日三夜，秦军都尉七人被杀，军士死伤无数。蒙恬将战况报告秦王。秦王悔不听王翦之言。

8. 秦王亲自去见王翦，说：“寡人不用将军计，李信果辱秦军。今闻楚军西来，将军虽病，难道你忍心不助寡人啊！”王翦不从，秦王复请，王翦说：“大王若真用臣，非六十万人不可。”

9. 秦王问王翦何以用这许多部队，王翦分析道："用兵多寡，全在按照实际情况。今楚国幅员辽阔，兵力强盛，非六十万军不能破。"

10. “寡人听将军计！”秦王当即请王翦入朝，拜为大将军，统率六十万兵马伐楚。

11. 秦王亲自送王翦到灞上。临别，王翦自袖中取出一简，请秦王多多赏赐良田美宅，秦王笑道："将军功成而归，寡人与将军共富贵，你何用担心？"

12. 王翦说："做大王的将军，有功也得不到封侯。不如趁现在大王还厚爱臣，及时为子孙请赐田宅，日后也好享受大王的恩泽。"秦王笑着答应了。

13．王翦统兵出发后，又五次派人向秦王请赐良田。部下笑他太贪心，王翦道："秦王粗率多疑，现将全国军队交我指挥，难道我不多请田宅作为子孙的产业，以示胸无大志，反让秦王怀疑我有政治野心吗？"部下叹服。

14. 秦王政二十三年（公元前224年），王翦率六十万大军，一路势如破竹，攻下陈（今河南淮阳）至平舆之间的大片楚地。楚王动员了国中全部兵马抗秦。

15. 王翦连营十余里，坚壁固守，项燕每日使人挑战，王翦始终不出兵。项燕自忖：“王翦太老了，居然如此怯战！”

16. 王翦每日让士兵洗浴休息，改善伙食，并与士卒同吃一锅饭。将吏感恩，每每请战，王翦却总是摇头不语。

17. 一晃几个月过去了。士兵闲而无事，以投石、超距作游戏。王翦便派军吏暗记游戏胜负，以观测兵士膂力之强弱。

18. 王翦严明军纪，不准军士过楚界打柴，倘有楚人过来，反以酒肉招待，然后放归。

19. 如此相持数月，楚军早已麻痹。忽一日，王翦发令攻楚，将士个个摩拳擦掌。王翦从中精选二万勇士作冲锋队伍。

20．楚军没有准备，仓皇应战。而秦军养兵多日，用兵一时，以一抵百，楚军溃散。

21. 楚军大败而逃，秦军猛追穷寇，追到蕲南（今安徽宿县南），杀其将军项燕。不久，攻入楚国新都寿春（今安徽寿县），擒楚王负刍，废为庶人。

22. 秦王政在灭楚之后，大宴功臣，称赞王翦说：“王老将军知用军之多寡，真寡人之良将也！”

战 例

汉军上下一心守疏勒

编文：江　涓

绘画：孙达明

原　文　上下同欲者胜。

译　文　全军上下意愿一致的，能够胜利。

1．东汉永平十七年（公元74年）冬，明帝刘庄派奉车都尉窦固、骑都尉刘张、附马都尉耿秉征伐西域车师国（今新疆吐鲁番及吉木萨尔一带）。

2. 汉军征服车师国后，命陈睦为西域都护，并派耿恭为戊校尉，屯兵车师后王部金蒲城；关宠为己校尉，屯兵车师前王部柳中城。各屯都派数百名兵士守卫。

3. 永平十八年三月，匈奴北单于派左鹿蠡王率二万骑兵前来袭击车师。

4. 耿恭派司马带三百兵士前去迎战，因寡不敌众，被匈奴兵击败，全军覆没。

5. 匈奴乘胜进攻，杀死了车师后王安得，包围金蒲城。

6. 耿恭坚守城头，与兵士一起制作一批毒箭，飞蝗般地向匈奴兵射去。

7．匈奴兵中箭后纷纷坠马，中箭的创口灼热，皮肉外翻，不由大惊失色，以为神箭。恰逢天降暴雨，匈奴溃不成军，只得撤军离去。

8．为了防备匈奴再犯，耿恭将部队移到有涧水的疏勒城，并加紧做好防范准备。

9. 七月，匈奴果然再次来犯，他们将涧水堵塞，企图以此困死汉军。

10. 为了找水，耿恭亲自率兵士凿井，可是掘地深达十五丈，还不见一滴水。士兵们忍不住干渴，只好挤马粪汁来喝。

11. 耿恭毫不气馁，继续率领兵士挽笼深掏泥土，不久一泓清泉终于喷涌而出，全军欢呼雀跃，奔走相告。

12. 耿恭命兵士扬起清泉让城外的匈奴人看，匈奴人惊讶万分，以为有天神相助，于是再次引军退去。

13. 十一月，焉耆、龟兹的军队攻杀汉都护陈睦，北匈奴派兵围攻汉将关宠于柳中城，原已归降汉朝的车师军队也反叛了，勾结匈奴围攻耿恭部队。

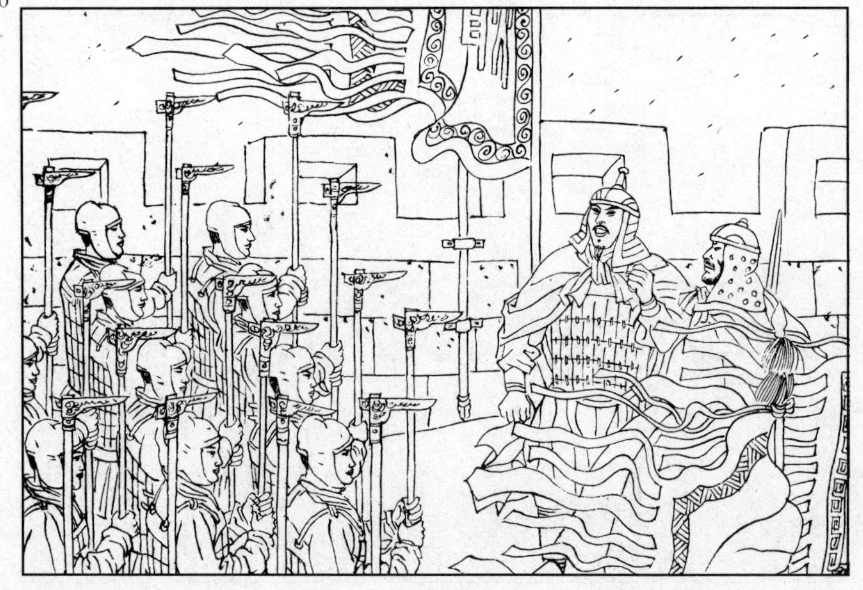

14. 此时，正好汉明帝去世，所以朝廷援兵迟迟不至，在这险恶的形势下，耿恭镇静如常，鼓励兵士同仇敌忾，坚守疏勒。

15. 几个月过去了，援兵依旧不至，可城内粮食已尽，兵士们只好煮弓弩上的皮革充饥。由于耿恭关心体贴士兵，所以再苦，兵士们也无怨言，上下齐心，决定与城共存亡。

16. 匈奴单于发现疏勒城的守兵日渐减少，决定派使者劝耿恭投降。他们向耿恭喊话，说只要投降，就可封他为白屋王，单于也会把自己的女儿嫁给他。

17. 耿恭将匈奴使者诱引上城后，当着城外匈奴人的面将使者杀了，以表示誓死不降的决心。

18. 匈奴单于十分震怒，于是增加兵力，猛攻疏勒城。

19. 小小疏勒城虽已千疮百孔，但耿恭与士兵们顽强抗守，匈奴兵始终攻不下来。

20. 汉章帝建初元年（公元76年）正月，朝廷的援兵终于冒雪赶到了疏勒城，看到这群衣破鞋穿、形容枯槁的忠勇将士，大家都忍不住涕泪交流。

21. 耿恭率兵随援兵撤离疏勒，退至玉门关时，全军只剩下十三人了。

22. 中郎将郑众上书皇上，要求对耿恭一行进行嘉奖。皇上拜耿恭为骑都尉，其他兵士也一一受到了封赏。

战 例

林则徐先备后战御英军

编文：钱水土

绘画：曾成金 曾成雷

原　文　以虞待不虞者胜。

译　文　以己有备对敌无备的，能够胜利。

1. 从十九世纪初开始，英国侵略者就与腐败无能的清政府相勾结，输入大量的鸦片，荼毒人民，贪婪地掠夺我国的经济资源。

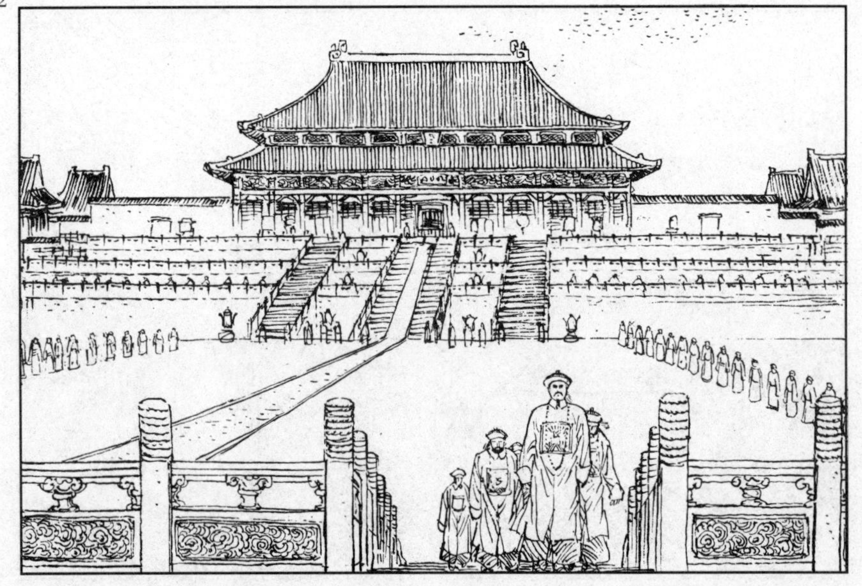

2. 湖广总督林则徐看到鸦片输入后，国力日渐衰弱，就上书道光皇帝，指出鸦片的严重危害。道光帝见鸦片的输入严重动摇了其封建统治，就任命林则徐为钦差大臣到广州去查禁鸦片。

3. 道光十九年（公元1839年）三月，林则徐到达广州。他在两广总督邓廷桢等人的协助下，严厉查禁鸦片，虎门销烟，震动朝野。但同时他也感到，英国人经济侵略失败后，不会善罢甘休，必然会凭借军事优势再次打开中国的大门。

4. 于是林则徐着手进行一系列的准备工作。首先，由于澳门早已被葡萄牙人盘踞，当时是西方人会聚之地，林则徐便派人到澳门去购买洋人的报纸，从而了解国外的最新情况。

5. 他在广州设立了译馆，翻译有关世界政治、历史和地理等方面的资料，编成《华事夷言》和《四洲志》等书。

6. 林则徐通过搜集来的资料，比较系统地研究了英人在军事方面的长处和不足，制定出了适应敌我情况的战略和战术。

7. 针对敌强我弱的特点，林则徐制定了“以守为攻，以逸待劳”的作战方针，他认为有备方能无患。因此，他首先组织力量，布设防务，征集战船，整顿水师。

8. 他派人购置了一批西洋大船，又改装了一部分民船以充实水师舰只。

9. 同时，招募渔民、丁壮五千余人，日夜进行水上战技训练。

10. 林则徐又命人在尖沙嘴等处新建炮台，秘密购置各种大炮二百余门，使虎门炮台大炮增至三百多门。

11. 此外又抽调广东内地兵员到虎门、尖沙嘴等地，加强第一线兵力。

12. 为了阻止英战船进入内河，林则徐又动员军民在虎门口外海设置木排和铁链。

13. 在完成这些准备工作后，林则徐移驻虎门，校阅水师，张贴告示，动员人民，准备作战。

14. 在林则徐积极布防的同时，英国也加紧了侵略步骤。道光十九年十一月，英国在华商务总监督查理·义律向清政府提出了允许英国人在澳门居住的要求。

15. 林则徐感到这是英国人图谋侵华的得寸进尺之举，给予严词拒绝。不仅如此，林则徐还命令十余艘英船驶出老万山（今广东中山南海中）。

16. 英船虽驶出了老万山，但是仍在沿海徘徊，寻机侵犯。林则徐便与水军将领关天培商量，认为：英船未逐出洋，必留后患，必须以牙还牙，彻底击退入侵之敌。

17. 道光二十年（公元1840年）一月，在林则徐的亲自部署下，广东军民乘渔船、火船潜伏在各岛屿之内，准备见机突击英船。

18. 按预先约定，在一个无月之夜，乘海潮退落时，四路分进，攻击英船。

19. 英人毫无防备，正在吃喝玩乐，突遭袭击，惊恐失措。

20. 广东军民乘机烧毁二十三艘英船，焚死、溺死洋人甚多，其余英船四散逃命。

21．英军遭此挫败后，义律狼狈回国复命，并建议发动更大规模的侵华战争。

22. 同年四月，英国又以女王外戚麦伯为统帅，再次带领战船二三十艘进犯广东沿海。

23. 英国战船到达广东沿海后，凭着他们的洋枪洋炮，肆无忌惮地向我沿海渔船和居民开火射击。

24. 林则徐得知这一情况后，义愤填膺，决心狠狠教训侵略者。首先，他挑选了一批训练有素的水军将士积极进行备战训练，并且制定了用火攻偷袭歼灭敌人的计划。

25. 五月的一天黑夜，在林则徐的部署下，水军将士乘火船直驶停泊在磨刀外洋的英船。

26. 当时，英军还在酣睡。水军将士迅速登上敌船，并用火把点燃了英军船只。

27. 还没等英国人明白是怎么回事，十一艘英船已燃起熊熊大火。

28. 船上的英军官兵东逃西窜，乱作一团，有的溺死水中，有的被烧死在船上。

29. 在林则徐的指挥下，水军将士又以火船乘风攻击停泊在金星门、老万山外的另外十余艘英船，并焚毁了两只舢板。

30. 英军在广东军民的强大攻势面前，闻风丧胆，四处逃散。由于林则徐的正确领导，这段时间广东军民积极防备，英勇作战，使得英军始终未能侵入广东沿海。